輕鬆學作文

說明想像篇

何捷 著

奧東動漫 繪

商務印書館

責任編輯	毛宇軒
裝幀設計	涂　慧
排　　版	高向明
責任校對	趙會明
印　　務	龍寶祺

輕鬆學作文·說明想像篇

作　者	何　捷
繪　畫	奧東動漫
出　版	商務印書館(香港)有限公司
	香港筲箕灣耀興道 3 號東滙廣場 8 樓
	http://www.commercialpress.com.hk
發　行	香港聯合書刊物流有限公司
	香港新界荃灣德士古道 220-248 號荃灣工業中心 16 樓
印　刷	嘉昱有限公司
	香港九龍新蒲崗大有街 26-28 號天虹大廈 7 字樓
版　次	2024 年 1 月第 1 版第 1 次印刷
	© 2024 商務印書館(香港)有限公司
	ISBN 978 962 07 4678 9
	Printed in Hong Kong

作文派英雄卡

油菜花

作文派三弟子。冰雪聰明，內外兼修，最擅長舉一反三，作文功力勝於兩位師兄。

至尊飽

作文派二弟子。善良老實，為人仗義，軟肋是貪吃。

小可樂

作文派大弟子。機智勇敢，勤學肯練，好奇心強，遇到高強的作文功夫就走不動路，不學到手不罷休。

東寫

章真人

萬花筒

西讀

包打聽

觀海　看山

白日夢

唐三百

景語大師

華小仙

老頑童

梅

松

馬優

王大蟲

竹

一修大師

肖遙

説明篇

第四十九回　　勇闖說明八陣圖　/　002

第五十回　　初破舉例生死符　/　009

第五十一回　　張冠李戴無解題　/　015

第五十二回　　循規蹈矩測方圓　/　022

第五十三回　　浩如煙海不可量　/　028

第五十四回　　形意拳鬥比方功　/　035

第五十五回　　兄弟力克連環陣　/　042

第五十六回　　他山之石可攻玉　/　049

目　錄

想像篇

第五十七回　相心山莊白日夢　/　058

第五十八回　渾身是膽趙子蟲　/　065

第五十九回　飛天紙鳶聯想訣　/　072

第六十回　　七十二變幻化功　/　079

第六十一回　未卜先知預言術　/　086

第六十二回　翻雲覆雨腳踏地　/　093

第六十三回　遊戲人間老頑童　/　100

第六十四回　周公枕上太虛境　/　107

説明篇

勇闖說明八陣圖

說明記敍，有異有同

科學嚴謹說明文，區別記敍有竅門。
二者也有共通處，描寫觀察抓特徵。

　　聽說，雙胞胎最大的煩惱，就是總會有人把他們弄混。說明文和記敍文曾經為此苦不堪言，他們有着很多相同的地方：都得對生活加以觀察；都有着具體細緻的描寫；都需要抓住事物的主要特徵……他們為此吵得不可開交的時候，有一天突然發現，說明文無論再怎麼激動，語言都更準確嚴謹、周密全面。原來，他們有一個不一樣的地方，就是科學性。謎題終於解開了！正如德國哲學家萊布尼茲所說：「世上沒有兩片完全相同的樹葉。」所以，作文江湖裏也不會有一模一樣的作品。

前面說到，武林大會終於開始了。可萬萬沒想到，烏龍教的人竟然已經來到了山腳下，準備朝山上發起進攻。

但凡被烏龍教禍害的人，都會忘掉正統作文功夫，進而走火入魔，只會胡寫一通。

幾位掌門面面相覷，一時之間，不知該如何是好。

就讓我們這些晚輩去迎敵吧！邪不勝正！我就不信，我們這些名門正派的弟子，會輸給他們這些邪門歪道？

阿彌陀佛，小可樂施主的提議不無道理，不妨就讓他們去試一試吧？

這羣年輕人都很有潛力，相信他們可以對付這羣惡人，我們這幫老人就負責壓陣吧。

輕鬆學作文

眾人來到山腳下，發現烏龍教已經佈下巨大的兵陣。

這是甚麼陣法？

這是為你們精心準備的「說明八陣圖」——集合了多種說明方法陷阱的千古奇陣。你們若破不了此陣，就乖乖對我們俯首稱臣吧！

豈有此理！

太囂張了！我們學了那麼多作文功夫，還會怕這破陣？

既然是烏龍教用的說明方法，那麼一定錯誤百出。這陣法定是機關重重，你們要多加小心。

冷靜點，說明文和記敘文是兩種不同的文體，寫法完全不一樣。

年輕人，出發前先來說說，說明文和記敘文最大的區別是甚麼？

說明文比記敘文表達得更加準確。

說明文的用詞更加嚴謹。

寫說明文的時候，要周密和全面。

你們說的都對，但又不全對。

準確、嚴謹、全面，這些都是說明文的特點，但是這麼多的特點，其實都可以用一個詞來概括，那就是科學性。說明文和記敘文的不同，在於更講究科學性。

科學性？莫非這就是破解「說明八陣圖」的關鍵？

不錯！說明文，顧名思義，就是用說明方法來介紹某樣東西的寫作文體，能幫助人們更好地獲得相關知識。

因此，說明文的語言要更加注重科學和條理，這也是說明文的兩大特點。抓住這兩點，想要破除烏龍教的「說明八陣圖」應該不難。

記敘文和說明文沒有甚麼共通之處嗎？

當然有！不管是記敘文，還是說明文，都需要比較具體和細緻的描寫；都要對生活加以觀察；都需要抓住事物的主要特徵。這三個「都」，你們要牢記在心！

眾少俠頻頻點頭，將前輩的提點認真記下。

出發！

小可樂、至尊飽、油菜花、如勤、如來、包打聽、肖遙、華小仙、唐三百、馬優十人組成了武林名門正派的「破陣小隊」，他們信心滿滿，準備去攻破那「說明八陣圖」。

雖然大家學的都是記敘類，但他們心裏明白，好的作文功夫，道理都是相通的。

祕笈點撥

寫說明文的時候要注意準確、嚴謹和全面，要注重說明文的科學性。

1. 深入思考，將說明對象和與其類似的事物進行多方面比較，分析出異同。

比如《蝙蝠和雷達》中，科學家經過思考，將蝙蝠和雷達的相似處進行對比總結，讓飛機在漆黑的夜裏也能安全飛行：「科學家模仿蝙蝠探路的方法，給飛機裝上了雷達。雷達通過天線發出無線電波，無線電波遇到障礙物就反射回來，被雷達接收到，顯示在螢光幕上。從雷達的螢光幕上，飛機師能夠清楚地看到前方有沒有障礙物，所以飛機飛行就更安全了。」

2. 運用恰當的說明方法。說明的方法很多，我們可以根據寫作的需要恰當地選用。

比如《中國石拱橋》中，為了說明中國石拱橋歷史悠久，作者引用了《水經註》裏的資料，用的是引資料的說明方法；再如《蘇州園林》裏，為了說明蘇州園林不講求對稱，將蘇州園林裏的亭台軒榭與其他地方的建築進行比較，用了比較的說明方法。

3. 語言要準確，還要進行生動的描寫。

比如《蟬》中，作者為了突出蟬脫殼這一特徵，對蟬脫殼的過程進行了生動的描寫：「……在空中騰躍，翻轉，使頭部倒懸，褶皺的翼向外伸直，竭力張開。然後用一種幾乎看不清的動作，盡力翻上來，並用前爪鈎住牠的空皮。」這樣生動的描寫不僅還原了蟬脫殼的過程，而且避免了文章的枯燥乏味。

｜用武之地｜

少俠，烏龍教設下了「說明八陣圖」，你是否也要為作文江湖的武林正派闖關出一份力呢？不過，在入陣之前，先要牢記武林前輩的話，分清楚甚麼是記敍文，甚麼是說明文，這樣才能確保不會被困在陣中。

請你摘抄一段說明文的片段，學習判斷一篇文章是否屬於說明文。

第五十回

初破舉例生死符

舉例，其實是一道選擇題

小心舉例生死符，深思熟慮再邁足。
選擇代表性事物，符合前文的描述。

你知道世界上被舉起次數最多的東西是甚麼嗎？是例子。你知道嗎？例子分配中心每天的工作量非常大，系統隨時面臨崩盤，因為總有人選錯例子。例子們經常被放在不合適的位置，他們非常疑惑，為了說明自己能吃，為甚麼要去詳細寫昨天晚飯有多香？例子們紛紛呼籲，請大家以後使用例子的時候看準再選，要知道，被頻繁選錯是一件非常令人傷心的事情。畢竟，富蘭克林說過：選擇朋友要慢，更換朋友要更慢。

輕鬆學作文

舉例子陣

這第一陣，由誰破呢？

不如就讓小弟我來拋磚引玉吧！

包兄弟身為武當敍事派章真人門下的得意弟子，對於事例的理解自然深刻，破這「舉例子陣」，應該不在話下。

請吧！

包兄小心。

好大的霧氣，我要小心，別被暗算。

膽子挺大啊！敢第一個嘗試挑戰！

好，有膽識！請聽第一題：「石拱橋幾乎到處都有。這些橋大小不一，形式多樣，有許多是驚人的傑作。」

這是中國著名橋樑建築家茅以升先生的文章《中國石拱橋》中的一句話。在這句話的後面，他用了一個舉例子的說明方法。請問，以下哪個是他所舉的例子？

石板上顯現出文字了。

例如福州安泰內河上的那座小石拱橋，到了晚上，燈火通明，十分漂亮。

比如，我家門口的那座石拱橋，我每天都要從那座橋上走過。

其中最著名的當推河北省趙縣的趙州橋，還有北京……區的盧溝……

乙

丙

答案顯而易見，就是它了！

……

你竟能解開我的「舉例生死符」？

舉例子，就要選有代表性的。「甲」和「乙」的確都舉了一個石拱橋的例子，可是都沒有代表性。只有「丙」選項，用的是河北趙縣的趙州橋和北京豐台區的盧溝橋，是最具代表性的。

趙州橋

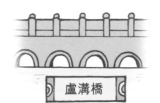

盧溝橋

這兩座橋都是中國石拱橋的代表，更符合前文中「驚人的傑作」的描述，所以自然應當選擇這一句。

舉例子最關鍵的一點，就是選擇具有代表性的事物，看來包打聽已經抓住了問題的關鍵。

哼，十題才答對一題，你別得意，繼續來！

祕笈點撥

　　舉例子需要舉最有代表性的事例，並且要符合前文對該事物特點的描述。

　　例如在《太陽》一文中，作者寫道：「有了太陽，地球上的莊稼和樹木才能發芽、長葉、開花、結果；鳥、獸、蟲、魚才能生存、繁殖。」通過舉例子說明了太陽對於莊稼和樹木生長的重要性，符合前文所說：「太陽雖然離我們很遠很遠，但是它和我們的關係非常密切。」

用武之地

　　少俠，這蒙面人的「舉例子陣」若是換你來破，你怕不怕？不必驚慌，相信只要掌握了訣竅，面對這個機關，你一定能化險為夷！

　　請你運用舉例子這種說明方法試寫一個段落，注意要選擇有代表性的事例。

第五十一回

張冠李戴無解題

舉錯例子就像戴錯帽子

無解難題藏陷阱，張冠李戴把你引。
符合要求是原則，舉例秘訣要謹記。

　　在帽子王國，每年因為被拿錯而找不到真正的主人的帽子多達上千頂，這成了帽子王國急需解決的問題。到底怎麼樣才能杜絕張冠李戴呢？首先，得關注屬於自己的帽子長甚麼樣，有甚麼特點，其次，戴上帽子之後，應該感受一下合不合適，如果發現有不舒服的地方應該及時調整。在舉例子的過程中，這個道理也同樣適用——先弄清楚前文描述的重點，再進行具體事例的選擇，就可以避免張冠李戴了。

包打聽正勇闖「舉例子陣」，陣外的眾人焦急地等待着。陣裏泛起一團迷霧，讓人看不清裏面的情況。

要是能讓迷霧散去就好了。

交給我吧！

至尊飽？

吸

呼

這是我剛練成的絕招——大海無量！

你小子，甚麼時候練成了這個奇招？

看到包打聽了！

包打聽在破了第一關之後，已是信心滿滿。接着，他走出了第二步、第三步……

科學家提出許多設想，例如，在火星或者月球上建造移民基地。

電腦可以提高效率，比如說，玩紙牌遊戲時根本不用洗牌。

很多物質的顏色取決於它自身的成分，比如黃河，因為水中含有大量泥沙，所以是黃色的。

陣主所出的題，五花八門，包羅萬象，包打聽從容不迫，每次都選中正確的例子。

包打聽每答對一題，陣外就爆發一次雷鳴般的掌聲。

轉眼間，包打聽已經連續答對了九題。

最後一題！

第十題！

中國名勝古跡眾多，諸如：

甲

泰山、黃河、孔府、南京長江大橋、故宮、明孝陵等。

乙

平遙古城、壺口瀑布、皇城相府、王家大院、喬家大院、雲岡石窟、晉祠等。

丙

黃山、珠江、太姬、黃陀山、普陀山、兵馬俑、秦皇陵等。

名勝古跡嗎？應該選乙。

慢！

小可樂？

難道此題有詐？

好啊，最後一題，竟然暗藏着這樣的玄機！

這三個答案，我一個也不選！

全是錯的！

哎呀！

喇

你怎麼會答對？此關從來沒有人能看透其中的奧妙！

我也是差點着了你的道，幸好小可樂兄弟一聲大喝，讓我明白過來，其實這三個選項都是張冠李戴。

我可不會上當。

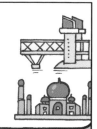

「甲」選項中，南京長江大橋是現代建築物，並不能算是名勝古跡，類型不符，張冠李戴；「丙」選項裏的大皇宮和泰姬陵根本就是泰國和印度的名勝，國家不符，更離譜，張冠李戴。

我本想選「乙」，但經提醒之後，我發現「乙」選項裏全是山西省的名勝古跡，範圍太小，這也算是一種張冠李戴！

所以，這三個選項沒有一個是正確的！舉例子這種說明方法，本就該選取符合前文描述要求的事例，才能使描述更加形象，如果舉例不當，張冠李戴了，就會起到反效果。

哼，算你厲害！

陣破了！

祕笈點撥

舉例子這種說明方法，應當選取符合前文描述要求的事例，才能使描述更加形象。

例如《納米技術就在我們身邊》這樣寫道：「冰箱裏如果使用一種納米塗層，就會具有殺菌和除臭功能，能夠使蔬菜保鮮期更長。有一種叫做『碳納米管』的神奇材料，比鋼鐵結實百倍，而且非常輕，將來我們有可能坐上『碳納米管天梯』到太空旅行。在最先進的隱形戰機上，用到一種納米吸波材料，能夠把探測雷達波吸收掉，所以雷達根本看不見它。」

這裏，作者運用舉例子的說明方法，選取了符合前文描述的事例，通過形象生動的文字表達，說明了「納米技術就在我們身邊」。

用武之地

少俠，這「舉例子陣」越到後頭，可就越難了。除了要注意選擇有代表性的事物當例子之外，還要注意使用符合前文描述的事例。下面，就讓我們一起把最後的「無解題」也給破了吧！

請使用舉例子這種説明方法試寫一個段落，注意
舉例要恰當。

第五十二回

循規蹈矩測方圓

準確的數字，讓人一目了然

列數字法並不玄，循規蹈矩測方圓。
長度重量等數字，為了精確要測全。

　　數字有一個好搭檔叫尺子，他們一起工作，一個負責測量，一個負責標註。有一天，他們大吵了一架。數字生氣地說：「你走吧！沒有我，你甚麼都不是！」尺子非常傷心，沒想到在好朋友的眼裏，自己這麼沒有價值，他抹着眼淚走開了。自從尺子走後，數字就遇到不少麻煩，別人請它去測量長度的時候，他只能說出一個大概的數字，所以接到的工作也越來越少。他非常後悔把尺子趕走，數字要精確，還是離不開測量。我們在列舉長度、高度、重量等相關數字時，可以試着量一量、稱一稱，會更精確。

大家初戰告捷，烏龍教的四大天王氣得大罵，小英雄們不予理會，繼續前進。

別得意，八陣還有七陣未破，且看你們還能闖過幾關！

「列數字陣」？我們這明明是語文的世界，怎麼跑出數字來了？

列數字陣

你們當中誰數學學得好？

大家聽完，不禁面面相覷。他們的愛好特長各不相同，但就是沒人擅長數學。

依小僧看來，這「列數字陣」未必是要數學學得好。既然說明文更注重科學和準確，我想破陣的關鍵就在這裏。

就讓小僧去試試這個陣吧。

那太好了！

這回由小僧前來破陣。

果然有不怕死的傢伙，我的「列數字陣」可沒那麼簡單！

哦？願聞其詳。

我每指出一樣物品，你就要說出有關特徵的準確數量與單位。回答錯誤，機關陷阱會自動啟動。

來吧，小僧應戰！

哼！

請問，這個石磨有多高？

這個石磨有……1 米高。

回答錯誤！

轟！

好險！

這塊石碑，高多少，寬多少，厚多少，碑文幾行，每行幾字，共計多少字？

捲尺？有了！

1、2、3、4……

此碑高 1.7 米，寬 1.4 米，碑文有 9 行，每行 9 字，末行空 4 字，共計 77 字。

小僧我已經知道訣竅所在了，列數字，作為說明文中一種常見的手法，數字精確，才會顯得科學嚴謹，絕不可以像你們胡寫教一樣胡寫亂寫！

我們是烏龍教！不是胡寫教！

答……答對了。

「算盤陣主」又指了木箱、長椅、圓桌等事物，如動師父都用捲尺一一測量，報出準確的數據。

可惡！

你可一定要記住「精確」二字。我現在要出絕招啦！接下來的這道題，你如果答錯，那麼所有的機關都會啓動

我怎麼覺得，這「精確」二字，是對方故意設下的圈套呢？

祕笈點撥

列數字，作為說明文中常用的一種說明方法，需要做到數字準確，才會顯得科學嚴謹。在有條件測量的情況下不要偷懶，用工具測出精確的數字，讓人一目了然。

例如《中國石拱橋》一文在介紹趙州橋時這樣寫道：「趙州橋非常雄偉，全長 50.82 米，兩端寬 9.6 米，中部略窄，寬 9 米。」其中，「50.82 米」「9.6 米」「9 米」等精確數字的使用，讓讀者感受趙州橋的雄偉，讓說明語言更加準確、嚴謹。

用武之地

少俠，列數字陣裏的東西實在是太多了，如動小師父一個人無法一一測量完。他想請你幫個忙，相信俠義心腸的你，一定不會拒絕他吧？

請運用列數字這種說明方法試寫一個段落，注意要用精確的數字。

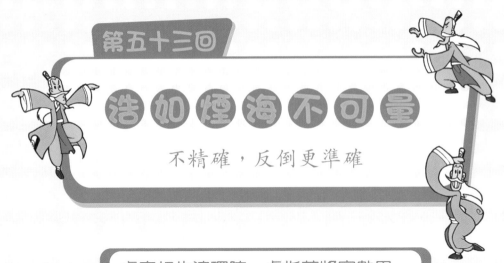

第五十三回

浩如煙海不可量

不精確，反倒更準確

> 虛實相生連環陣，虛指莫將實數用。
> 浩如煙海不可量，大約左右來幫忙。

　　數字的競爭對手叫大約，只要有大約的地方，數字的生意就不太好。有一天，有一户人家要整理穀倉，同時邀請了他們，讓他們準確地給出穀倉裏的穀粒數量。數字馬上開始動手，沒日沒夜地數了三天，也沒數清楚。大約繞着穀倉走了一圈就給出了答案：「穀倉裏的穀粒大約有十萬粒。」數字不服氣道：「你又沒有數過，怎麼確定有十萬粒？根本不準確。」大約回答：「正因為我是估算的，並不確定是否恰好是這個數量，所以才用了『大約』，這也是一種準確。」數字恍然大悟，原來，有的時候，不精確的説法，反而更準確。從此以後，數字和大約成了最好的搭檔。

小可樂等人隱約察覺到「算盤陣主」有陰謀。

請繼續出題吧！

根本用不了那麼久。

請聽題——在這道陣裏，一共有多少件東西？

這道題，我給你一炷香的時間，香燒盡之前，必須要給出答案哦。

一共有多少件東西？

已經開始
計時了,
快數吧。

一個,兩個,
三個,四個,
五個……

咦,這個
東西,我
剛才數過
沒有?

不行不行,
重數一遍,一
個,兩個,三
個,四個……

糟了!

這麼多東西,怎
麼可能數得清?
可是……「列數
字陣」偏偏又要
求精準確切!

大海無邊，海水不可斗量，想要表達它的壯觀和宏大，還是有辦法的！真正的精準和確切，不是一定要把具體數字列出來，只要表達得科學、合理、客觀，那就符合說明文的要求！

如動師兄，不用數，實數有實數的列法，虛數有虛數的列法！一虛一實，各不相同。

虛實？

這座陣中的東西，

「大約」有兩百件！

啪

原來如此！

一炷香剛好燒盡。機關沒有啓動，這說明回答正確。

你竟知道用「測估詞語」來作為虛數的列法？

當不知道具體數字時，就應該用「大約」「左右」「大概」等測估詞語，這樣的列數字方法才更為科學準確。

我不信！我再出一些虛數題，你敢答嗎？

這座「列數字陣」的面積有多大？

一百平方米左右。

現在的時間是幾點鐘？

大概上午十點。

天上的星星有幾顆？

數也數不清，我只能說，不可計量。

哎呀！

呸！

破陣之道在於理解「精準」二字。當遇到可以測量的實數時，我們就用測量之後的數據來說明；當遇到無法測量的虛數時，我們就用「大約」「左右」「大概」等測估詞語來說明，這同樣是一種精準確切。

我認輸了。

噗！

破陣！

祕笈點撥

在使用列數字時，可以有兩種方法。當遇到可以測量的實數時，我們就用測量之後的數據來說明，這樣更精準確切；當遇到無法測量的虛數時，我們可以用「大約」「左右」「大概」等測估詞語來說明。

例如《故宮博物院》中寫道：「紫禁城的城牆十米多高，有四座城門 —— 南面午門，北面神武門，東西面東華門、西華門。宮城呈長方形，佔地 72 萬平方米，有大小宮殿七十多座、房屋九千多間。」這裏，「十米多高」「七十多座」「九千多間」等便是運用了測估詞語「多」，說明紫禁城的宏大壯麗。

用武之地

真沒想到啊，至尊飽的吹氣功夫「大海無量」竟然也成了武林少俠們破陣的靈感來源。少俠，你要不要也來破一破這浩如煙海的「列數字陣」呢？相信不管是虛招，還是實招，你都能應付自如。

請試寫一段包含列數字這種說明方法的片段，試着用上「大約」「大概」「左右」這些虛指的測估詞語。

第五十四回

打比方，説明文裏的比喻

比喻如同打比方，用於不同類文章。
修辭手法應用廣，都得注意要恰當。

　　你是不是也曾有過這樣的疑惑：為甚麼比喻在説明文裏就不叫比喻，而是叫打比方了？給你打個比方，也許你就明白了。在家裏，家人都叫你的昵稱，但是在學校，大家都會直接喊你的姓名。你還是你，只是在不同的情景中，叫法不一樣而已。你看，只要比方打得好，就可以把人們不太好理解的問題生動形象地解釋清楚。

輕鬆學作文

年輕人，好樣的！

轟

後生可畏。

厲害。

如動師弟，幹得漂亮！

第三關，就由我來破吧！

眾人繼續往前走，出現在面前的，竟是並列的兩道陣門！

打比方陣

作比較陣

?

沒想到，第三陣、第四陣竟然是一道連環雙陣。

小可樂，你要去破可以，最好再帶上一位小伙伴。

……

♪

二人進入陣中，小心地向前走着。

就決定是你了！

啊！

唰

吾乃比方兄。

吾乃比較弟。

我們是：「比氏雙雄」！

這又是甚麼？

前兩個陣法，都是文鬥，而到我們兩兄弟這裏，就是武鬥啦！

好，正合我意！

可這不合我意啊……

比方拳！

地球像無私的母親，向人類慷慨地提供豐富的資源。

這比方兄所用的不正是我作文派的「比喻形意拳」嗎？

你怎麼會「打比方神功」？

你怎麼會「比喻形意拳」？

果然一模一樣！記敘文裏的「比喻」和說明文中的「打比方」是一樣的。可是這樣就難分高下了。

他們都以為對方學過自己的功夫，因為他們的功夫施展起來就像是照鏡子一般。

餓了，先吃個包子。

一個叫「比喻」，一個叫「打比方」，還是有不同的地方吧。

說得對，兩者還是不一樣的！

比喻形意拳！

江邊的彩燈倒映在江水中，好似無數條閃着光的花蛇在游來游去；

城樓上閃耀的燈光，宛如五光十色的焰火，點亮這座城市；

高速公路上那一盞盞疾馳而過的車燈，連成一片，如同一條川流不息的長河。

小可樂連用三個比喻，分別將三種燈光比作了花蛇、焰火、長河，一氣呵成，一招制勝。

怎麼會這樣？同樣的招數，為何我會輸？

打比方是一種通過比喻的修辭手法來說明事物的說明方法，只適用於說明文。

而比喻則適用於各種文體，在議論文、記敍文、說明文中都可廣泛運用。打比方是無法取代比喻的，因此比喻自然更勝一籌。

哥哥，你先休息，這裏交給我。

祕笈點撥

打比方是一種通過比喻的修辭手法來說明事物的說明方法，只適用於說明文。而比喻則適用於各種文體，在議論文、記敘文、說明文中都可廣泛運用。打比方和比喻一樣，運用要恰當。知道了打比方與比喻的異同，就可以在說明文中正確應用。

例如，布豐在《松鼠》一文中寫道：「松鼠不躲藏在地底下，經常在高處活動，像飛鳥一樣住在樹上，滿樹林裏跑，從這棵樹跳到那棵樹。」通過打比方的說明方法，把松鼠的活動方式與鳥類的作比，突出了松鼠常在高處活動的特性，讓人心生喜愛之情。

用武之地

少俠，作為作文派的弟子，你的「比喻形意拳」自然是爐火純青啦！其實這「打比方陣」裏的「打比方神功」和你的「比喻形意拳」是大同小異的。讓我們一起和比方兄比拼一番吧！看看誰的作文功

夫更厲害！

　　請運用打比方這種說明方法試寫一個段落，來
說明一個事物。

第五十五回

兄弟力克連環陣

學會作比較，比啥很重要

> 對比神功作比較，參照事物很重要。
> 相比事物易理解，常見熟悉才最好。

　　大人們總說，不要跟別人比，戰勝自己才是最大的挑戰。而在說明文裏，具有同一種特點的東西卻總是被放到一起作比較。為此，太陽非常苦惱，每次一提起他的體積，大家總是要拿地球來說。生活在海裏的鯨也不能理解，為甚麼大象成了和自己作比較最多的動物。直到有一天，太陽和鯨魚發現，之所以把他們跟地球和大象比，是因為相較於他們，人們對地球和大象更為熟悉，所以這樣一比，可以幫助人們更了解他們。由此可見，有時候適當地比一比是必要的。

比較弟大步流星地走上前，似乎對守住第四陣充滿信心。反觀對面，至尊飽則猶豫不前，顯得有些底氣不足。

阿飽師弟，打起精神來，可別被他給比下去了！

從小到大，我最怕跟別人比了。

不怕！上！

哈哈

我比較弟天生愛和人比較，好比成痴，不管比甚麼，我都不會輸給你。就讓我們用作文功夫來比一比吧！

我們先來比比大小。

接招！

我們看太陽，覺得它並不大，實際上它大得很，大約2700萬個地球的質量才能抵得上一個太陽。

你快接招呀，人家要和你比大小，你也來一招比大小打回去。

砰！

不少人看到過象，都說象是很大的動物。其實還有比象大得多的動物，那就是鯨。

對比雙刀！

哈！

好啊，沒想到你還真有兩下子！

幹得漂亮，阿飽！說明方法中的「作比較」和修辭手法中的「對比」有異曲同工之妙，都是拿兩個事物的某一特點進行比較。知道這一點，你就不用怕了，他要跟你比甚麼，你就大膽地和他比！

比較弟的比鬥之心被至尊飽激發了，他使盡渾身解數，想讓至尊飽敗退。

雙方又鬥了十來個回合，比了多樣事物，依舊不分勝負。

比較弟虛晃一拳，轉身朝至尊飽打出一個「半招」。

已發掘的三個秦兵馬俑俑坑，總面積極大，差不多……

總面積極大，差不多……差不多有兩三個高爾夫球場那麼大！

啊！

有破綻。

比較弟發現至尊飽不善於選擇用於比較的事物。這也是很多孩子在寫說明文時的一大弊病，導致作比較的說明方法運用得不夠合理。

再來！

至尊飽，用你最熟悉、最常見的東西去比！

明白！

已發掘的三個秦兵馬俑俑坑，總面積極大，差不多有五十個籃球場那麼大。

不可能！

我比較弟怎麼會輸？

我雖然贏了，但也是險勝。作比較，選擇用於比較的事物非常重要。剛開始，我用了高爾夫球場，雖然夠大，但太過生僻，不利於讀者理解。

只有改用人們最常見、最熟悉且大小合適的籃球場，才是最佳選擇。

說到比呀，還有一樣你也比不過我。

比甚麼？

比懶。

因為我懶得和你比。哈哈……

祕笈點撥

說明方法中的「作比較」和修辭手法中的「對比」有異曲同工之妙，都是將兩個事物的某一特點進行比較。但是要注意，選擇用於比較的事物時，不要選擇太過偏僻的參照物，人們最常見、最熟悉且特點合適的事物，才是最佳的選擇。

例如，徐星在《飛向藍天的恐龍》中寫道：「地球上的第一種恐龍大約出現在兩億四千萬年前，牠和狗一般大小，像鴕鳥一樣用兩條後腿支撐身體。」因為地球上的第一種恐龍出現在遙遠的兩億四千萬年前，所以人們很難想像牠的樣子。而作者運用打比方的說明方法，將牠和我們熟知的狗、鴕鳥作比較，很自然地讓我們腦海中浮現出這種恐龍的輪廓，這樣文章就變得更加形象。

用武之地

少俠，身在作文江湖裏，與人比試武藝是在所難免的。比較弟就是一個很愛比較的小兄弟，他也

想跟你比試比試，你敢不敢應戰？

請運用作比較這種說明方法試寫一個段落，注意要恰當選擇比較的參照物。

他山之石可攻玉

先查資料，再寫說明文

少俠破陣抓規律，説明方法多有趣。
引用資料列圖表，他山之石可攻玉。

　　葉聖陶先生在《文章例話》中説：「説明文以『説明白了』為成功……」想要説明白，前提要足夠了解，想要足夠了解，就要學會查資料。「他山之石，可以攻玉」，科學、權威的資料，可以讓説明文更具説服力。就像紫藤蘿，雖然沒有挺拔的軀幹，卻憑藉枯樹的偉岸，將自己傲人的姿態展示於世人面前；白帆沒有馳騁的力量，卻乘着呼嘯的風，帶着船隻在海洋中遨遊。

小可樂、至尊飽破陣回來，大家圍擁而上，詢問破陣技巧。

大家不用怕，這些說明方法，很多都可以在記敘文中找到原型。比如，打比方類似比喻，作比較類似對比，都是大同小異，只不過放在說明文這種文體中而已。注意到這一點，大家就可以見招拆招。

眾人倍受鼓舞，勢如破竹。

第五陣是「摹狀貌陣」。擅長繪畫的峨眉寫景派弟子華小仙前往破陣。

她發現所謂的摹狀貌，其實和記敘文中的描寫差不多，都是通過描繪事物的外形來讓人更加生動形象地認識這個事物。華小仙使用她的強項——描寫功夫，戰勝了「摹狀貌陣」的陣主，贏下了第五陣。

第六陣是「作假設陣」。由油菜花上場迎敵。

「作假設陣」的陣主用上了「假如」等假設詞，故佈疑陣，讓人產生幻覺。然而，油菜花稍加警覺，就破解了對方的圈套，最終也獲得了勝利。

第七陣是「釋義雙陣」。這一陣包含了「作詮釋陣」「下定義陣」兩個小陣。作詮釋和下定義是兩個相通的說明方法。

下定義是用最簡單的一句話來介紹一個事物；作詮釋是抓住事物的某一個特點進行詳細的解釋。如來、馬優兩位英雄齊心協力，拿下了這一陣。

第八陣是「引資料陣」。這也是個子母連環陣，內藏「引資料陣」「分類別陣」「列圖表陣」等陣法。

這道大陣，大多是引用資料來說明事物的。而唐三百常給文章賦詩，增添詩情畫意，可以說是引用之道的高手。再加上肖遙的協助，二人最終獲勝。

後面四陣的說明方法，雖然不如前四陣的「四大說明方法」那麼常見，但確實是在寫說明文時會用到的。只要能夠熟練地掌握和應用這些說明方法，寫好說明文不在話下。

說明文，畢竟是一種科學地說明事物的文章。因此，在寫作前查資料很關鍵。

像作詮釋、下定義、引資料、分類別、列圖表等說明方法，也是建立在查資料的基礎上的，這就叫：他山之石，可以攻玉！

你們別得意！記敘、說明、應用……還有很多作文文體呢，咱們走着瞧！

獲勝雖然值得慶賀，但他們臨走前說的這番話，表明他們是不會善罷甘休的。

不錯，景語師太說得對。這次不過是作文江湖中正邪的第一次交鋒，相信他們肯定還有後續動作。從他們的話中推斷，接下來他們很有可能會在「應用文」上做文章。

作文江湖裏，有三大文體。其中，記敍文是武林正道，最為常見，也是基礎。

說明文被烏龍教這麼一佔，已然偏離了正統，讓人無從下手。

還剩下一個應用文，倒成了介於正邪黑白之間的一支。這或許會成為他們新的突破口！

不如，就趁着這次武林大會，佈置下任務，大家各自回山修煉應用文功夫，為來日備戰。

一修大師所言極是。

甚麼時候能吃飯啊，我都快餓死了。

哈哈哈！

祕笈點撥

說明文是一種科學地說明事物的文章。因此,在寫作前查資料是很關鍵的。像作詮釋、下定義、引資料、分類別、列圖表等說明方法,也是建立在查資料的基礎上。

例如,在《鯨》一文中,作者寫道:「鯨的種類很多,總的來說分為兩大類 —— 一類是鬚鯨,沒有牙齒;一類是齒鯨,有鋒利的牙齒。」這裏運用了分類別的說明方法把鯨的兩大類說明清楚。

再如《納米技術就在我們身邊》中,作者寫道:「納米技術是 20 世紀 90 年代興起的高新技術。」這裏運用了作詮釋的方法,使讀者對「納米技術」有了基本了解。

用武之地

少俠,這「說明八陣圖」在十位英雄的合作之下,總算告破。不管是那「四大說明方法」,還是其他的說明方法,都是十分精妙的功夫。現在,你就把這「說明八陣圖」一口氣全破了吧!別怕,只要掌握了每個

陣的破陣技巧，拿下這些陣就不在話下。相信自己，
你一定可以的！

　　請試寫一篇說明文，儘量用上不同的說明方法。

想像篇

第五十七回

相心山莊白日夢

想像，不是漫無邊際的

> 側目觀樹山無陰，斜月三星峯有心。
> 想像如做白日夢，作文仍須邊框定。

　　天上有一匹會飛的馬，牠長了一對翅膀，潔白的羽翼非常漂亮。飛馬每天在空中遨遊，不停地向別人炫耀着自己：「我是大自然最偉大的產物，和這個世界上其他動物不一樣，我是最特別的，你們都比不上我！」正說着，牠一低頭，就透過雲朵的縫隙看到了地面的山坡上，有一羣和自己長得很相似的馬匹在吃草，只是牠們沒有翅膀。這個時候，牠才知道，原來自己僅僅只是比地上的馬匹多了一對翅膀而已，並非是憑空出現的。如康德所說：「想像力作為一種創造性的認識能力，是一種強大的創造力量，它從實際自然所提材料中，創造出第二自然。」因此，再天馬行空的想像，也要基於現實。

這天，東寫師父路過院子，看見小可樂在地上畫着甚麼。

生活是一座圍城，在城裏的人想出去，在城外的人想進來。

生活是一個鳥籠，在籠子裏的鳥想出去，在籠子外的鳥想進來。

生活就像是放暑假，不放的時候很期待，放久了又很想去上學。

小可樂，不錯嘛，最近都開始學用寫詩來表達自己的想法啦。是不是又想下山啦？

不愧是師父，一下子就猜到了我的心思。

在山下闖蕩江湖久了，就會想念山上的兩位師父，而如果在山上待久了，就又莫名地想念那精彩紛呈、五光十色的山下江湖了。

嗯，你倒是挺誠實的。也是，你們修煉《讀後感真經》已有一段時日，也算是學有所成，可以再放你們下山去遊歷一番。正好，在《作文神功》的幾大分支當中，還有一個分支剛好跟江湖上一個門派有關。這一回，不妨派你和至尊飽、油菜花去拜訪一下他們。

好啊！這次是甚麼門派？

你仔細想一想，我們還有甚麼作文類型沒有學習？

輕鬆學作文

嗯……我們給四大門派送帖，學會了不少記敘文寫作功夫。

後來破「說明八陣圖」，又學會了說明文的功夫。

這段時間在山上苦練《日記九箭》《書信柳葉鏢》《讀後感真經》等應用文功夫，還剩下甚麼呢？

讓我給你一點兒提示吧！

你仔細地想一想，再想一想，認真地想一想。

我知道了，是想像類作文！

哈哈，終於想到了。不錯，叫上阿飽和小花。這一回，為師親自帶你們去。

就這樣，東寫師父帶着小可樂、至尊飽和油菜花三人下山去了。

這一次，我們要去的地方在側目觀樹山的斜月三星峯上，叫做「相心山莊」。

師父，我們要去的是甚麼地方？

「側目觀樹」正好是個「相」字，「斜月三星」正好是個「心」字，難怪叫相心山莊。

不僅如此，我還發現，這相心山莊的「相心」二字，正好是個「想」字。

你們說的都非常對。這位「相心山莊」的莊主，正是想像文功夫的一代宗師。他姓白，叫白日夢。

沒幾日，師徒四人就來到了相心山莊。白日夢白老莊主特地出門來迎接他們。

他與東寫師父一陣寒暄後，便帶着四人進入了山莊，開始介紹起自己的莊園來。

這五處建築正是老夫的相心山莊。

這裏的美景可多了，有聯想台、假如樓、暢遊閣、科幻軒、童話居。

哇！名字似乎都很有深意啊！好像都與想像類作文有着莫大的關係。

061

不錯，不愧是東寫先生的大弟子，才思敏捷，很有悟性。

這些景物剛好可以對應想像作文的幾大類型。

假想作文

暢想作文

暢遊閣

科幻作文

科幻軒

聯想作文

假如樓

童話作文

童話居

聯想台

你們若想提高想像類的作文功夫，就可以到這些景點中去歷練和學習。不過，最好要在老夫的指引下去，否則隨便亂闖進入可能會走火入魔。

不都是想像嗎？怎麼想的怎麼寫便好，需要這麼小心翼翼嗎？

當然需要！人們雖然常說一個人的想像力是可以沒有邊界的，但想像類作文卻是有邊界、方法等限制的。想像類作文不能想怎麼寫就怎麼寫，要根據實際情況去分析和判斷。所以，幾位小朋友還是要聽話，不可以到處亂跑哦！

接下來，你們就跟着白老莊主在這好好地學習想像作文的功夫吧。

祕笈點撥

人們雖然常說，一個人的想像力是可以沒有邊界的，但想像類作文卻是有邊界、方法等限制的。想像類作文不能怎麼想就怎麼寫，要根據實際情況去分析和判斷它的寫法。越是包含豐富想像力的作文，其實越要有嚴密的邏輯和結構來保證它不鬆散。

例如中國著名的童話故事《神筆馬良》便是根據當時貪官橫行、百姓受苦的黑暗現實展開了合理的想像——酷愛畫畫的馬良，在神仙的幫助下獲得了一支神奇的畫筆，並利用這支畫筆懲治了貪官，讓百姓過上了幸福、安定的生活。作者的想像儘管奇特，但是並沒有胡思亂想，而是根據現實中已有的事物和材料創造出來新的形象，其內容反映了當時社會的現實，表達了善良人們的共同願望。

用武之地

少俠，初到相心山莊，你有甚麼感受和體會呢？想像一下，接下來在相心山莊裏又會遇到怎樣的奇聞

趣事呢？

　　試寫一段想像類的段落描寫，預想一下接下來小可樂三人會遇到甚麼趣事。

第五十八回

渾身是膽趙子蟲

既要膽大，也要心細

> 渾身是膽趙子龍，若不合理變成蟲。
> 膽大之餘要心細，胡思亂想難苟同。

最近，森林中的所有動物都在議論紛紛：「聽說在森林之王——老虎的洞穴口長了一叢粉色的小花，老虎每天出門之前都會湊過去，細緻地嗅一遍，一片花瓣都不放過。」「是啊，平時那麼兇猛的大王，居然對一叢花如此溫柔。」「你們有所不知，那叢花呀，叫做薔薇……」

"In me the tiger sniffs the rose" 是英國詩人齊格弗里德·沙遜曾寫過的不朽詩句，余光中先生將它翻譯成「心有猛虎，細嗅薔薇」。寫想像作文時，我們也應當具有猛虎和薔薇的兩面，既要如猛虎般大膽想像，又要像薔薇一般細心雅致。

三位小伙伴深得白日夢老莊主的喜愛。白老莊主傳授給他們一些想像作文功夫的基本招法，三人掌握得很快。

這天，白老莊主在莊中安排了一齣「趙子龍長阪坡七進七出救阿斗」的京劇。

小可樂看得異常興奮，恨不得立馬提起銀槍，騎着白馬，以一敵百，上場殺敵。

這時，管家來報，烏龍教的亂天王在山莊前擺下陣勢，要對山莊發起進攻。

小可樂頓時按捺不住了，一股英雄豪氣油然而生，向白老莊主請示後，立刻跑出山莊迎戰。

一提到陷害小朋友們寫作文能力的烏龍教，小可樂就義憤填膺。更何況他剛剛欣賞完趙子龍的英勇事跡。

現在他彷彿化身為蜀國大將趙雲，一往無前地向烏龍教的大營奔去，準備也來個一騎當千。

在烏龍教大營的亂天王見小可樂單槍匹馬前來，哈哈大笑，大手一揮，烏龍教的士兵蜂擁而上。

士兵擺開陣勢，將小可樂團團圍住。

小可樂使出渾身解數，施展起了白老莊主最近點撥他的「想像作文功夫」，和烏龍教的兵丁鬥了起來。

刀光劍影中，小可樂的拳腳下，一篇想像類作文應聲而出。

今天上學出門，天空烏雲密佈，雲青青兮欲雨。沒多久，天空就下起了一陣傾盆大雨。我撐着雨傘走在路上，總覺得雲朵中藏着一個手舉雷神之錘的魔鬼，一直在盯着我，彷彿下一秒就要敲下一道雷電，打在我雨傘的傘尖上。

經過一棟高樓時，我又害怕樓上會有花盆、玻璃、廣告牌等從高空落下，砸在我的身上。

路上，我望見了運鈔車和荷槍實彈的押運員。看着他們那黑洞洞的槍口，我總是擔心他們會擦槍走火。

好不容易來到了學校，望着天花板上的吊扇，我總是無法放心聽課。看着那吊扇晃晃悠悠地旋轉着，我總是擔心它會突然掉下來，腦海裏莫名地出現了同學們被可怕的「吊扇怪」攻擊的場面。這害得我一天下來都無法安心聽講，被老師批評了好幾次。

最後，我回到了家。坐電梯時，住在高層的我生怕它會出故障，更擔心電梯會直接掉下來。晚上睡覺了，我又怕睡着後就發生地震，畢竟地震是不可預測的⋯⋯

經過了一天的折騰，總算放學了。為了避免路上再胡思亂想，我選擇坐巴士回家。可是，站在巴士的後門附近，我老是擔心門會突然像怪獸的大嘴一般張開，把自己給吞進去。

車窗外，有一輛油罐車經過時，我又莫名地緊張起來，生怕它會突然爆炸。

這篇作文不禁讓小可樂頭昏腦漲、兩眼昏花，過度的想像讓他頓時從渾身是膽的「趙子龍」變成了一條膽戰心驚的「趙子蟲」。眼看他就要陷入被圍困的絕境。

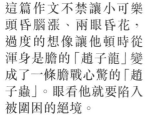

這時白老莊主從天而降，一招擊退了上百名士兵，將小可樂救了回來。

白老莊主責怪小可樂魯莽，中了亂天王的「胡思亂想陣」，想像過度，走火入魔，使寫作文偏題甚至離題。

可人家趙子龍七進七出長阪坡，靠的不就是大膽嗎？

不，你只說對了一半。修煉想像作文功夫，不能光靠膽大，還要心細。想像類作文可以富有想像力，但也要合理、有度，要有明確的中心來駕馭。

因為想像類作文歸根結底不是想像而是作文，依然要有作文的結構和條理。

若是胡思亂想，漫天瞎想，就算是「趙子龍」也會成為「趙子蟲」的。

小可樂這才開始害怕起來。幸好自己被救，否則後果真是不堪設想。

┃祕笈點撥┃

　　寫想像類的作文，不能光靠膽大，還要心細。想像類作文當然要富有想像力，但也要合理、有度，要有明確的中心來駕馭。因為想像類作文歸根結底不是想像，而是作文，依然要有作文的結構和條理。

　　例如，童話故事《小蝌蚪找媽媽》便是按照小蝌蚪生長發育的順序，生動形象地描寫了小蝌蚪是怎樣找到媽媽的。文中，作者以「小蝌蚪找媽媽」為中心進行想像，介紹了小蝌蚪在找媽媽的過程中遇見了不同的動物，牠的形體也發生了變化，最後，小蝌蚪變成了小青蛙，和青蛙媽媽一起去捉害蟲。文章中心明確，條理清晰，這樣的想像值得我們借鑑。

┃用武之地┃

　　少俠，烏龍教的亂天王所率領的大軍又捲土重來了。他們一邊喊着「烏龍教萬歲」，一邊向你宣戰，你能嚥下這口氣？小可樂剛剛已經出戰過了，且讓他休息一

下。這一回，換你出戰，相信你一定能夠告捷！

　　先試寫一段想像類的作文片段，做到既要大膽想像，又要細心嚴謹。

第五十九回

飛天紙鳶聯想訣

聯想要緊握住「手中線」

聯想如同放紙鳶，緊握手中小線圈。
始終圍繞聯想點，拓展想像的空間。

　　風箏小鎮來了一位大師，他有着高超的紮風箏技藝，可以紮出很多特別的風箏。果然，他用竹篾紮出了鳥禽的骨架，再把帶着精緻花紋的紙張糊在上面，又在紙鳶上附上了竹哨、弓弦，風一吹，風箏就會哨響弦鳴，聲音悅耳。就在大家都驚呼精妙絕倫，嚷着要讓大師試飛的時候，他卻搖起了頭道：「現在的風箏，還是一隻廢風箏。」大家一臉錯愕。原來，他還沒有給風箏選擇好適宜的施力點來綁拴提線。風箏沒有了線，就沒有了控制的部件，會一去不復返的。就像想像作文中的聯想一樣，由一個點觸發，延伸出一根線，如果在想像的過程中忘記了那個點、那根線，再與眾不同的想像都會無法收尾的。

春光和煦，白莊主讓三個小伙伴到「聯想台」放紙鳶，放得好還會有意想不到的驚喜。

驚喜？

「聯想台」坐落於相心山莊一處最廣闊的空地上。說是「台」，其實是一個廣場。周圍花紅柳綠，遠處綠水青山，是個郊遊踏青的好去處。

三個小伙伴就在「聯想台」上暗自鬥起法來。他們都想比一比，誰的紙鳶放得最高。

至尊飽的「金魚」開始在空中來回游動。巨大的紅魚尾飄來盪去，彷彿在水裏一樣自由自在。

呼

油菜花的「雨燕」在空中輕盈地飛過，一下子就比至尊飽的「金魚」高出了三丈有餘，真是應了「身輕如燕」一詞。

唰

小可樂不甘示弱，暗中運起「作文真氣」，操控自己的紙鳶。

咔

嘍呵！我的紙鳶才是飛得最高的！哈哈！

啊！我的鷹！

妙哉，妙哉。

哪裏妙了？我的雄鷹都飛走了。

這就是我所說的驚喜啊！通過放紙鳶，明白聯想類的想像作文的祕訣所在。

聯想類的想像作文，其實，就是抓住一個事物或一個點展開豐富的聯想。

比如《草的聯想》，你們就可以從一株小草聯想到一整片廣闊的草原，甚至聯想出一個「野火燒不盡，春風吹又生」的勵志故事。

需要記住的是，在寫聯想作文時，必須牢牢地抓住聯想的點，不能偏離或放鬆。

聯 想

這就像我們在「聯想台」上放飛紙鳶的時候，一定要緊緊地抓住手中的這根線一樣，聯想的點就是手中的線。

聯想可以很新穎，很大膽。就像放紙鳶，你們可以將它放飛得很高，無限向上拓展你們的想像空間。但連接紙鳶的那根線必須始終牢牢地抓在自己的手中。

我明白啦，從一個點開始聯想，如同牽住線來放紙鳶，可以放飛得很高，但這根線一定要在。

大師兄想放得很高就有點用力過猛，只管紙鳶的高度，忘記了線的重要性。嘿嘿……

怪我自己好勝心太強，想像力又太豐富。

如果沒有把握住手中的線，那篇《草的聯想》就會變成這樣。

草，組成了廣闊的草原。草原一大，牛羊就多。牛羊吃草，擠出來的是奶。

多喝牛奶，我們的身體就能健康強壯。說到身體強壯，誰也比不過我們班的李壯壯。他上次和別人掰手腕，一秒就贏了。

他的性格很好。我們都要和性格好的人做朋友……

三位小伙伴讀不下去了。這篇文章寫到後面，就像斷了線的紙鳶，早就離題十萬八千里了。

白從領會了「飛天紙鳶聯想訣」，小可樂再也不會把紙鳶給放丟了。

祕笈點撥

聯想類的想像作文，其實，就是抓住一個事物或一個點展開豐富的聯想。需要記住的是，在寫聯想作文時，必須牢牢地抓住聯想的點，不能偏離或放鬆。這就像放風箏，一定要緊緊地抓住手中的線一樣，聯想的點就是手中的線。聯想可以很新穎，很大膽，很有創意，就像放風箏一樣，你可以將它放飛得很高很高，無限向上拓展想像的空間，但是連接風箏的那根線必須始終牢牢地抓在自己的手中。

例如冰心的《荷葉‧母親》，作者看見雨中的紅蓮垂在荷葉下，便聯想到母親與兒女之間的親情，於是藉描寫荷葉來讚美母愛。作者緊緊抓住「雨中看紅蓮」這個點展開了豐富的聯想：初雨時的亭亭玉立，大雨中的左右倚斜，荷葉母親保護下的不動搖。這樣的聯想自然貼切。

用武之地

少俠，這相心山莊還真是神奇啊！一座「聯想台」，一次放紙鳶，就能讓人領悟到一套想像類作文的功夫。

這套「飛天紙鳶聯想訣」，你學會了嗎？

　　請試寫一段聯想類的想像作文，做到始終圍繞聯想的中心點不偏離。

第六十回

好的立意，讓假想更出眾

這座高樓名假如，讓你化身百變族。
不管你想怎麼變，立意出彩方信服。

　　「假如」是作品中經常使用的詞語，創作者們非常喜歡邀請「假如」一起完成作品。《假如給我三天光明》是美國當代作家海倫‧凱勒的散文代表作，《假如生活欺騙了你》是俄國詩人普希金於 1825 年被流放時創作的一首詩歌，《假如愛有天意》是一部感人至深的韓國電影……無論是作家、詩人還是電影創作者，有了「假如」，似乎就有了全新的創作空間，可以回到從前、去到以後，可以上至天空、下至海底。所以，寫想像作文時，可以試着體驗一下「假如」的魔力。

輕鬆學作文

「假如樓」是相心山莊裏最高的建築物，從外形上看就像是一座八角寶塔。寶塔的每一層都有八個房間，一共九層，合計七十二間。

九層妖塔嗎？裏面不會冒出殭屍來吧？哈哈哈……

阿飽，你進步了，不但想像力變豐富了，而且沒有再動不動就把各種東西想像成食物了。

前兩日，你們去過「聯想台」，學會了「飛天紙鳶聯想訣」。今天，老夫就帶你們來參觀參觀這座「假如樓」，一起來領悟「七十二變幻化功」。

七十二變幻化功？莫非和這七十二個房間有關？

如你們所見，這「假如樓」裏一共有七十二個房間，暗合孫悟空七十二變之數。在每一個房間內，四面牆壁、地板、天花板上都畫滿了壁畫。

進去之後，你就可以通過這些栩栩如生的畫作，假想自己變成了這個事物，以此來修煉「七十二變幻化功」。

好神奇的地方。

快去看看。

這個門裏是甚麼呢？打開看看。

牆上畫的是放大的草叢。

啊！我變成了一隻螞蟻。

讓我運功作一篇作文出來。

假如我是一隻螞蟻，我要搬好多好多的東西回家過冬，放着慢慢吃。我要搬米粒，搬豆子，搬蘋果，搬西瓜⋯⋯

這才練到「西瓜」二字，至尊飽就一陣頭暈眼花，氣血翻湧。

白日夢老莊主連忙出手點穴，救下了差點走火入魔的至尊飽。

你大師兄剛剛才誇你最近不貪吃了，這還沒多久你的老毛病又犯了，真是不禁誇。

好了，我先帶你去看看他們倆修煉的情況吧。

白老莊主帶着至尊飽登上了三樓。在這裏，油菜花正在一個六面都是藍天白雲的房間裏打坐運氣，修煉神功。

《假如我會飛》

假如我會飛，我要把樹種子帶去沙漠，讓荒蕪的沙漠變成一片綠洲，讓它成為鳥兒的家園，讓野獸不必過流浪的生活。

假如我會飛，我要做一個傳揚幸福的使者，把世上所有喜事都傳播到地球的各個角落，讓人間充滿和平與愛，不再有戰爭。

假如我會飛，我還要飛到災區，去安慰和救助那些遭遇洪水、地震等災害侵襲而失去家園的人們，讓他們重拾信心，幫他們重建家園。

至尊飽看得目瞪口呆，眼中溢滿感動的淚水。

白老莊主沒有說話，繼續帶他上樓。

他們來到五樓，看到小可樂的房間裏畫滿了工廠、超市、住宅等城市景觀。

小可樂練出了一篇《一張紙的自白》。

我的名字叫紙，出生在一家紙張加工廠。我剛出來的時候，全身光溜溜，乾乾淨淨……

這篇文章的想像力豐富，把自己想像成一張紙，通過進工廠、印刷廠、文具店、主人家、下水道，最後漂到河裏的經歷，記錄了一路所見、所感，如同遊記一般。

好厲害！他們都寫得很好。

假想類作文是假想自己變成了某個人或某樣事物，然後展開想像寫出故事。假想的對象十分廣泛，天馬行空，萬物皆可。但是，你要記住，假想也要有好的立意，才能出眾。

白老莊主帶三位小伙伴來到了最高層，樓上有道石碑，刻着一篇他寫的《假如我會七十二變》。

假如你會七十二變，是用法術來讓自己享樂，還是助人為樂？

祕笈點撥

　　假想類的想像作文是假想自己變成了某個人或某樣事物，然後展開想像寫出故事。假想的對象十分寬泛，天馬行空，萬物皆可。但是，一定要記住，假想也要有好的立意，才能出眾。

　　例如，讀了《西遊記》之後，孫悟空這一形象深入人心，書中的孫悟空不僅會七十二變，還會降妖除魔、伸張正義。你可以以此展開想像，假想自己變成了孫悟空。為了讓假想有好的立意，更出眾，你可以假想孫悟空飛到月球參觀，告訴地球上的人們千萬不要去破壞月球的環境；你也可以假想孫悟空飛到太上老君的煉丹房，為人類求得治療癌症的良藥；你還可以假想孫悟空飛到撒哈拉沙漠，種下一棵棵大樹，讓寸草不生的沙漠變成一個大綠洲。

　　注意，假想一定要立意深刻，才能讓你的想像出眾。

用武之地

少俠，這座「假如樓」裏有各種天馬行空的畫作，
助你學會「七十二變幻化功」。還在等甚麼，讓我們
一起進樓練功吧！

請試寫一段「假如我是……」或「假如我會……」
的想像作文片段。

第六十一回

未卜先知預言術

在未來解決現在的問題

暢想不是瞎算卦，卻讓你成預言家。
未卜先知源現實，未來風景美如畫。

　　相傳春秋時期，魯班進深山砍樹木時，手一不小心被一種野草的葉子劃破了，滲出了血。他摘下葉片一看，原來葉子的兩邊長着鋒利的齒，他用這些密密的小齒在手背上輕輕一劃，居然割開了一道口子。他想，每次砍伐樹木的時候都十分費力，要是有這樣齒狀的工具，不是很快就能鋸斷樹木了嗎？於是，經過多次試驗，他終於發明了鋸子，大大提高了伐木的效率。相信這個關於魯班的故事，大家都耳熟能詳了吧？為甚麼發明鋸子的不是別人而是魯班？因為他從危險中發現了解決現實困境的方法。所以，當你不知道從何想像的時候，就想想生活中那些令人困擾的問題吧，在想像的未來世界裏將它們通通解決。

某日，正在相心山莊做客學習的三個小伙伴突然找不到白日夢白老莊主了。

暢遊？這是甚麼意思？

暢遊時空嘛，比如《二十年後回故鄉》《十年後的我》等類型的作文題目。

閒言少敘，我們進去看看白老莊主在不在裏面吧。

未卜先知

白老莊主，您這是在玩角色扮演嗎？

看相算命，測字摸骨，未卜先知，童叟無欺。

騙人！這是迷信。這世上哪有未卜先知的事情啊！

哦？那請你們先看看這篇作文，再下定論吧。

未來世界

未來世界裏，人們吃的食物、穿的衣服、住的房子、坐的汽車，是甚麼樣子的呢？我插上了想像的翅膀，到未來世界去看一看。

我來到了 2100 年，人類社會進入高速發展的二十二世紀，我們居住的世界發生了翻天覆地的變化。

首先映入我們眼簾的，是城市裏的高樓大廈。在 2100 年，所有的建築物都成了一座座可以任意改變外形和顏色的軟件建築，就連道路都成了有彈性的軟墊，好像遊樂場裏的兒童世界，不管從多高的地方摔下來，都不會有人受傷。超市也成了一個五彩繽紛的世界，每一類物品所在區域的外觀都變成了該物品的模樣。如賣蘿蔔的是個蘿蔔型的屋子，在裏面可以買到全世界各地種植的蘿蔔。這裏有一小塊就能讓人吃飽且可以任意變換口味的百變食物，一件冬暖夏涼且能隨人們心情變換顏色和款式的萬能衣服，還有能上天入地貫通海陸空的交通工具 —— 飛船車。

怎麼樣？老夫這未卜先知的能力不賴吧？

這篇作文確實寫得不錯。可是我每次寫「暢想未來」這一主題的想像作文時，都無從下筆。

是啊，我的想像力挺豐富的，可大熊老師總是說我的想像沒有章法。

其實，要解決這個問題，一點也不難。我們就拿這篇文章裏的內容舉例。你看，在這位小作者的眼中，未來的城市建築物和道路是甚麼樣的？

都是用特殊材料製成的軟件，這樣就不會有人受傷。

那麼他為甚麼會有這樣一個想法呢？

因為現代社會的建築物和道路都十分堅硬，若是摔倒或者發生意外墮樓，人很容易受傷，甚至會有生命危險。

沒錯，還有未來世界的「飛船車」，為甚麼作者要這樣設計呢？

因為飛船車有翅膀，在交通堵塞的時候可以從天上飛過去。

未卜先知

同樣的道理，因為小朋友在上學、放學路上經常遇到堵塞的情況，很耽誤時間，才會有這種想像啊。

哈哈，白老莊主，我明白了。生活是想像的泉源，現實是想像的基礎。脫離了生活的想像，就是無源之水、無根之木。

所以，我們在暢想未來時，一定要從自己現在所見、所聞、所感出發。

甚至可以用你對未來的想像，解決現在生活中的困難和問題。這就是「未卜先知預言術」的奧祕！

原來是這麼個「未卜先知」呀。

未卜先

祕笈點撥

　　暢想未來類的作文，並不是漫天胡想，而是要基於現在的生活。生活是想像的泉源，現實是想像的基礎。脫離生活的想像，就是無源之水、無根之木。

　　例如，看到人類的生活總是被各種病毒影響，層出不窮的新型病毒不停擾亂人類的生活秩序，我們可以暢想未來發明一種能治百病的「萬能藥丸」來擊敗病毒，還我們健康與安寧；看到我們生活的環境髒亂不堪，河水變黑，綠化變少，我們可以暢想未來有一種拯救地球的「希望噴劑」，當地球上的環境無法適合人類生活時，只要用飛機灑下這種噴劑，地球就會變回美麗的樣子；發現現實生活中的汽車功能已經無法滿足自己的需求時，我們可以暢想未來汽車不僅外觀新奇，還能洞悉人類的需求，自動幫助司機解決開車路上遇到的問題，保障出行安全。

　　所以，在暢想未來時，一定要從自己現在的所見、所聞、所感出發，甚至可以用對未來的想像，解決現實生活中的困難和問題。

用武之地

　　少俠，在這間「暢遊閣」裏，我們也能當一回未卜先知的預言家，也能做一位鐵口直斷的算命先生！你也來試一試吧！

　　試寫一段暢想未來的想像作文，想像一下未來可以如何解決一些當下的問題。

第六十二回

翻雲覆雨腳踏地

立足科學，探討利弊

翻手為雲讚科技，覆手為雨談利弊。
選好主題和立意，立足科學腳踏地。

　　「乍因輕浪疊晴沙，又趁迴風擁釣槎。莫怪狂蹤易飄泊，前身不合是楊花。」這是明朝「三劉」之一的劉師邵作的《浮萍》一詩，雖然詩中並未出現「浮萍」二字，但卻把浮萍的特點「易飄泊」表現得淋漓盡致。因為並未扎根於土壤，所以它只能漂浮於水面。天馬行空的想像，讓科幻作文有時候也會出現浮於表面的問題，如浮萍一般，這個時候，就得給這篇文章找一個合適的中心，可以是讚美，可以是反思，當然了，也可以是其他。只要讓想像扎根於思想當中，科幻作文就能免於懸浮無依的狀態。

某日，「科幻軒」突然傳來一聲巨響。

轟！

小可樂、至尊飽，你們給我過來！

白老莊主，怎麼啦？

怎麼啦？你們還敢問我？說！是不是你們把我做實驗的藥水換成了辣椒水，還把我燒杯裏的酒精多加了一倍？

而且，

科學是不能開玩笑的。

我們只是好奇，不是故意的。

好奇害死貓，你們差點就把我這座「科幻軒」給毀了！

你們看一下這篇作文吧。

三千年後，人類已經統治了整個太陽系，宇宙飛船可以在外太空隨意航行。

這時候，外星人來了。他們想要侵略人類，佔領太陽系，與人類爭奪資源。於是，一場大戰即將打響。

人類派出了史上最強的宇宙超級無敵艦隊，而外星人也派出了他們的最強陣容——超級恐怖魔鬼艦隊。

雙方在宇宙中展開了激戰。人類射出了一枚激光炮，外星人又打過來一顆原子彈。轟轟轟，又一艘飛船爆炸了……

你們也看不下去了對不對？你們修煉作文功夫這麼久，也有了一定的作文鑑賞能力，自然可以判斷出這篇科學幻想作文有甚麼問題。這種感覺，和做實驗發生爆炸也沒有太大區別。

確實。這篇科學幻想作文吧，想像力是挺豐富的，可是也未免太鬧騰了，都是打打殺殺。這很像以前的我。

對對對，而且描寫的場面雖然很宏大，可是這種宏大卻給人一種「假大空」的感覺，沒有一個實在的內容。這很像以前的我。

作為一篇科學幻想文，它過於偏重幻想，而沒有科學，缺乏一個好的立意和貼近生活實際的中心。這很像以前的我。

你們都說得很對。然而在實際生活中，有多少孩子寫着寫着，就把科學幻想作文寫成了這樣和外星人決一死戰的星際爭霸動作電影了呢？

哈哈

科學？

對，就是科學。

正如油菜花所說的，科學幻想類作文的重點不在「幻想」二字，而應該抓住「科學」這個關鍵詞。

白老莊主，您在做廣播體操嗎？

這不是重點了啦！你要學會抓重點！

......

我剛才做的動作，其實就是兩句口訣。首先，你得給你的這篇科幻作文尋找一個合適的中心。

其次，有了較好的主題和立意後，還要抓住科學給我們的實際生活帶來的改變去寫，也就是要「接地氣」，要腳踏實地，不能天馬行空。

原來跺腳是接地氣的意思啊！

一般情況下，不是歌頌科技發達給人們帶來的好處與便利，就是反思科技發展是否存在甚麼弊端和隱患，是否影響環境或破壞生態平衡。

你們這幾天不把「科幻軒」修好，就不教後面的功夫了。

是......

這一利一弊，就好像人的手有正反兩面一樣，翻手為雲，覆手為雨。手心手背都是肉，既要發展科技，又要環保。這是人類永恆的話題。

097

祕笈點撥

寫科學幻想類的作文，首先要給它尋找一個合適的中心。一般情況下，不是歌頌科技的發達給人們帶來的好處與便利，就是反思科技的發展是否存在甚麼弊端和隱患，是否影響環境或破壞生態平衡。這一利一弊，就好像人的手有正反兩面一樣。既要發展科技，又要環保，這是人類永恆的話題。其次，確定較好的主題和立意之後，還要抓住科學給我們的實際生活帶來的改變去寫，也就是要「接地氣」，要腳踏實地，不能天馬行空。

例如在法國著名的科幻小說家凡爾納寫的《海底兩萬里》中，講述了主人公在一次意外情況下來到「鸚鵡螺號」潛艇，並開始一段奇妙的深海旅行。確立好這個主題之後，作者展開想像，描寫了主人公在水下兩萬里的航行中，見到了許許多多罕見的海洋動物、植物，還看到了千年難得一見的海洋奇觀，如最深的海溝……書裏更是對「鸚鵡螺號」潛艇做了大膽的想像，對潛艇的機械構造進行大膽創新，把它組裝成一個上得了陸地、下得了 2.9 萬米海溝的超級潛艇。整本書裏不僅有豐富的海洋知識，還告訴孩子，

人要有勇於探險的精神，才能發現這大自然的無比美妙。

用武之地

少俠，你學會這招「翻雲覆雨腳踏地」的功夫了吧？快快試練一番！

請試寫出一篇科學幻想類作文的故事梗概，注意選擇一個好的立意。

第六十三回

遊戲人間老頑童

童心、童真、童趣

遊戲人間老頑童,看似玩世貌不恭。
童心寫就真善美,抓住特點練神功。

　　傳說,在這個世界上,有一個童話世界,每個人都可以擁有獲得進入童話世界生活的門票。大家都在尋找這張門票:小孩子用鏟子在沙堆裏挖,以為它藏在貝殼裏;中年人不斷地翻閱着桌子上的文件夾,以為它藏在某一沓文件裏;老年人每天樂此不疲地去街市,以為它包在菜葉子裏……可是,他們誰也沒有找到。他們打算放棄的時候,才突然發現:貝殼旁邊小蝸牛少了一隻觸角,很像獨角獸;棘手的文件封面居然貼了一個艾莎公主的貼畫,旁邊畫了一張歪歪扭扭的笑臉;孫女一直嚷着要做的創意公主裙,其實可以用白菜葉子……原來,童話世界一直就在身邊,根本不需要門票,也不限定年齡,只要有一顆童心就足夠了。

這間「童話居」裏住着我的師弟——老頑童。他天生就有一顆童心，十分愛玩，所以，你們要和他玩遊戲。

哈哈，玩遊戲，我們最擅長了。

小可樂三人已經在相心山莊求學半個多月了。山莊著名的景點中，還有一處「童話居」沒有去過。這天，老莊主帶他們來到「童話居」。

小可樂三人踏進「童話居」，映入眼簾的就是各式各樣的畫，令他們眼花繚亂。

這個畫的是《三隻小豬》。

這個是《小蝌蚪找媽媽》。

這個是《陶罐與鐵罐》。

歡迎來到「童話居」。

怎麼樣，老夫的獨家收藏不錯吧？

您就是老頑童前輩吧？這些都是您畫的？

這些都是我的「童畫」，這些畫代表着我修煉童話作文功夫的祕訣——要有童心、童真和童趣。

在學校裏，大熊老師有時也會讓我們嘗試創作童話。不過，想寫好還真不容易。我們正好可以向老頑童前輩請教一下。

哎喲，請教甚麼呀，來陪我玩遊戲吧！

這個遊戲叫「你說我猜」。你們只能用語言來描述你所看到的這個詞，不能說出上面的字眼。我來猜這是個甚麼詞，快來快來，陪我玩！

遊戲開始，小可樂描述，老頑童前輩猜。

一種食肉的野獸，愛吃羊！

我知道了，是狼！

下一個。

草原上的萬獸之王，兇猛威武，頭上還長着鬃毛。

是獅子！

接下來，他們連續猜對了好幾道題：聰明機靈、活潑好動的猴子；森林的醫生啄木鳥；塊頭大、鼻子長但性情溫順的大象……

小可樂在答題過程中發現自己找到了猜詞的規律——迅速捕捉到事物的特點。

再玩一個遊戲。想像一下，如果把剛才答出來的幾種動物聚在一起，牠們會發生甚麼有趣的故事呢？可以寫一個，也可以寫兩個，還可以寫很多個。

油菜花眼珠子一轉，挑了一隻動物，寫了一篇《森林的醫生》，講啄木鳥先生擔任森林醫生職務時的種種遭遇，弘揚了環保的主題。

至尊飽也不甘示弱，挑了兩隻動物，寫了一篇《小猴子智鬥大灰狼》，將小猴子的機智和狼的兇狠進行對比，講述了一段小猴子鬥智脫險的故事。

小可樂靈機一動，挑了好多動物，寫下一篇《森林動物大會》，講述了森林之王獅子在召開動物大會，比試才藝，最後發現大家各有千秋的童話。

好玩好玩，有趣有趣！真不愧是作文派的高徒！文中每個主角都寫出了特點，而且能圍繞這一特點來展開情節，如啄木鳥的奉獻、猴子的機智、獅子的威風。最關鍵的是，你們全都寫出了真、善、美。

三位小伙伴這才發現，看似遊戲人間、玩世不恭的老頑童，已經在遊戲中不知不覺地傳授了他們童話類想像作文的功夫。

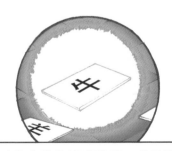

祕笈點撥

寫童話，少不了一顆純真的童心，還有充滿童真與童趣的想像。此外，還要準確捕捉童話故事中的主角身上所獨有的特點，並且能圍繞這一特點展開情節，最後的中心和立意還要能體現出真、善、美，那麼，這就是一篇優秀的童話。

例如童話故事《陶罐和鐵罐》，作者在進行想像時，便準確捕捉到陶罐易碎、鐵罐堅固的特點，圍繞陶罐和鐵罐的對話展開情節，陶罐的謙和寬容、鐵罐的傲慢無禮躍然紙上。最後揭示的道理立意深刻，耐人尋味：每個人都有自己的長處和短處，要善於看到別人的長處，正視自己的短處，相互尊重，和睦相處。通過一個有趣的故事帶給讀者真、善、美的體會，這便是童話故事的魅力。

用武之地

少俠，老頑童前輩真是太有趣了。你是否也被他愛玩、好奇的性格所感染了呢？在「童話居」琳琅滿

目的畫作裏，挑選一幅，寫下你的童話故事吧。

　　請試寫一篇童話，注意寫出童真、童趣，要抓住事物的特點來描寫。

第六十四回

周公枕上太虛境

為想像插上觀察的翅膀

心想事成周公枕，太虛幻境南柯夢。
隱形翅膀叫觀察，方知萬相由心生。

　　大腦和眼睛是好朋友，但是大腦的心裏一直有個疑惑：為甚麼眼睛可以有雙胞胎兄弟，而自己卻孤身一人？他去問眉毛、耳朵、鼻孔，他們非常同情大腦，但是卻無法回答他的疑惑，因為他們也有雙胞胎兄弟。大腦聽完有些生氣，覺得他們成雙成對也沒甚麼了不起。直到有一天，眼睛生病了，被紗布層層包裹了起來，整個世界都變得昏暗了，自己根本就無法正常運轉。這個時候，大腦才知道眼睛是如此重要，自己的思考和想像都來源於他對世界上各種事物的觀察。達・文西曾說：「不管過去還是現在，科學都是對一切可能的事物的觀察。」其實，不僅僅是科學，想像也源於觀察。

107

輕鬆學作文

一日，白老莊主請小可樂到房間議事，小可樂去後發現白老莊主不在，百無聊賴下便環顧四周。

「周公枕」？

試試這枕頭舒不舒服。

唰——！

好像動畫片裏的時光隧道。

這裏是甚麼地方？

咦，真的變成時光隧道了？

難道⋯⋯我想甚麼就會變出甚麼？這是傳說中的「太虛幻境」嗎？

那我想個科幻背景試試。

哇,真的開始宇宙大戰啦!

天吶!這比 VR（虛擬現實）遊戲還好玩!

這裏的一切都是靠小可樂的「心想事成」形成的,因此他百戰百勝,把怪獸們打得落花流水。

然後,小可樂又想像自己成為王子,鬥惡龍救公主。

接下來,小可樂開始暢遊歷史故事和神話傳說。從中國的盤古開天闢地、女媧補天,到希臘神話、印度史詩,他如同插上了一雙翅膀,遨遊在想像的國度,且在這裏流連忘返。

哪川

大師兄！

大師兄醒了！

哈哈，小可樂，恭喜你從周公枕的「太虛幻境」歷練歸來，還發現了「想像的根源」！

小可樂把幻境裏的事情一一說來。

想像給我插上了一雙翅膀。然而，翅膀上卻寫着兩個字——觀察。因為，每一個想像都是來源於對現實的觀察。

一切想像都是從你心裏產生的，「相由心生，萬相由心」。這就是我「相心山莊」名字的由來，也是想像作文的終極奧秘。

111

祕笈點撥

　　想像的根源是甚麼？自然是對現實世界的觀察。小朋友們的每一個想像，都可以在現實世界裏找到原型，所以，要想寫好想像作文，我們應該在生活中多觀察、多積累，這樣才能為下筆打好基礎。

　　一切想像都是從你心裏產生的。正所謂「相由心生，萬相由心」，這就是想像作文的終極奧秘。

　　想像源於生活。童話故事《小壁虎借尾巴》裏，小壁虎被蛇咬住了尾巴，為了逃命，牠掙斷了尾巴，不得不向小魚、黃牛、燕子借尾巴，但是被牠們都拒絕了，正當小壁虎難過時，突然發現自己長出了新尾巴。故事中這樣的想像便是通過觀察生活而得來的，作者既介紹了魚、牛、燕子等動物的尾巴的不同作用，又普及了壁虎尾巴的再生功能，同時告訴讀者：每種動物的尾巴都有用處，但是別人的未必就適合自己，應該順應自然的規律。

| 用武之地 |

　　少俠，當你明白「萬相由心」這個道理後，你就可以從相心山莊正式畢業了。來！讓我們也到周公枕上躺一會兒，去那「太虛幻境」遨遊一番吧！別忘了插上「觀察的翅膀」哦！